Merlod Medrus

a storïau eraill

Sut i wneud dymuniad gyda Siriol

DYMUNIAD

Mae'r llyfr hwn yn cynnwys dymuniad arbennig iawn i ti
a dy ffrind gorau.

Gyda'ch gilydd, daliwch y llyfr bob pen,
a chau eich llygaid.

Crychwch eich trwynau a meddwl am rif
sy'n llai na deg.

Agorwch eich llygaid, a sibrwd eich rhifau
i glustiau'ch gilydd.

Adiwch y ddau rif gyda'i gilydd. Dyma'ch

Rhif Hud

ti

dy ffrind gorau

Rhowch eich bys bach ar y sêr,
a dweud eich rhif hud yn uchel,
gyda'ch gilydd. Nawr, gwnewch eich dymuniad
yn dawel i'ch hunan. Ac efallai, un diwrnod,
y daw eich dymuniad yn wir.

Cariad mawr

Siriol
x

I Jill Zambinski, sy'n wych gyda merlod.
Gyda diolch, Emma

Felicity Wishes © 2000 Emma Thomson
Trwyddedwyd gan White Lion Publishing

Cyhoeddwyd gyntaf ym Mhrydain yn 2007
gan Hodder Children's Books

Cyhoeddwyd gyntaf yn Gymraeg yn 2010 gan
Wasg Gomer, Llandysul, Ceredigion, SA44 4JL.
www.gomer.co.uk

Ⓗ testun a'r lluniau: Emma Thomson, 2007 ©
Ⓗ testun Cymraeg: Catrin Beard, 2010 ©

Mae Emma Thomson wedi datgan ei hawl
dan Ddeddf Hawlfreintiau, Dyluniadau a Phatentau 1988
i gael ei chydnabod fel awdur ac arlunydd y llyfr hwn.

ISBN 978 1 84851 135 4

Noddwyd gan Lywodraeth Cynulliad Cymru.

Argraffwyd a rhwymwyd yng Nghymru gan
Wasg Gomer, Llandysul, Ceredigion.

CYNNWYS

Sbort y Syrcas

Merlod Medrus

Hedfan Hudol

Sbort y Syrcas

Roedd Syrcas y Tylwyth Teg wedi
dod i Dre'r Blodau! Bore Sadwrn
roedd Siriol Swyn, Moli, Poli, Mali a
Gwenno wedi bod yn ciwio am
docynnau, a doedd dim sicrwydd y
bydden nhw'n gallu cael rhai.

'Fe fydda i'n rhoi'r gore i fod yn
dylwythen deg os na chawn ni fynd
i mewn!' meddai Moli'n ddramatig wrth
iddi syllu'n obeithiol ar boster y syrcas.

'Mae'r acrobatiaid yn edrych mor
ddewr!' meddai Gwenno'n frwd, gan
graffu ar eu gwisgoedd.

'Rwy'n edrych ymlaen at gael gweld y clowns!' chwarddodd Poli.

'Y merlod bach yn perfformio yw fy ffefrynnau i,' meddai Mali, gan anwesu eu llun ar y poster.

Cododd Siriol ei haeliau ac ysgwyd ei phen. 'O, Mali! Mae merlod yn ddwl! Dy'n nhw ddim hyd yn oed yn anifeiliaid hudol!'

'Mae'r rhain yn hudol!' ebychodd Mali. 'Maen nhw'n gallu hedfan!'

Edrychodd Siriol, Gwenno, Moli a Poli ar ei gilydd a gwenu. Roedd y tylwyth teg i gyd yn gwybod yn iawn nad oedd merlod yn gallu hedfan. Roedd merlod y syrcas yn gwisgo harneisiau cryf gyda gwifrau anweledig oedd yn gwneud iddyn nhw edrych fel petaen nhw'n hedfan. Ond doedd neb am siomi eu ffrind diniwed.

'Ydyn,' meddai Siriol yn ddifrifol wrth Mali. 'Rwy'n siŵr fod merlod y syrcas yn gallu hedfan!'

Ac wrth iddi edrych draw gwelodd Siriol fod y ciw wedi symud ymlaen, a dim ond deg o dylwyth teg oedd o'u blaenau erbyn hyn.

* * *

O'r diwedd daeth y noson fawr. Roedd pob un o'r ffrindiau wedi bod yn pendroni beth i'w wisgo. Roedd y syrcas yn cael ei gynnal mewn pabell fawr, ac fe fyddai'n siŵr o fod yn oer yno. Ond roedd Siriol yn gwybod y byddai gwres y cyffro yn cynhesu'r lle wrth i'r tylwyth teg chwifio'u hadenydd.

Yn y diwedd, penderfynodd Siriol wisgo ffrog dwt â llewys byr, gyda chardigan a siaced drosti hi. Ond tynnodd ei siaced cyn cyrraedd ei sedd hyd yn oed, ac wrth iddi eistedd fe'i gosododd yn daclus ar ei glin.

Yn fuan iawn dechreuodd acrobatiaid ddisgyn o do'r babell fawr mewn niwlen o lwch pefriog, gan chwyrlio a throelli. Roedden nhw'n neidio, yn hedfan ac yn fflipio ar draws cylch y syrcas mewn ffyrdd nad oedd y tylwyth teg erioed wedi'u gweld o'r blaen.

'Edrych i fyny yn fan'na!' sibrydodd Moli dan ei gwynt gan bwyntio'i bys at ochr bellaf y babell. Yno, roedd siâp oedd yn siglo ac yn pefrio uwchben y dorf.

'Beth yw e?' holodd Mali.

'Rhan o'r perfformiad, mae'n rhaid,' meddai Siriol yn dawel.

'Mae'n edrych fel un o'r acrobatiaid,' meddai Moli wrth graffu ar y siâp. 'Mae hi ar y wifren uchel!'

Ac o fewn eiliadau roedd llygaid pawb wedi'u hoelio, nid ar yr acrobatiaid oedd yn creu pyramid ar ganol y cylch, ond ar un acrobat yn

symud yn sigledig ar hyd y wifren uchel . . . heb adenydd!

Clywyd ebychiadau gan y tylwyth teg wrth iddyn nhw edrych â'u llygaid ar agor led y pen, a'u dwylo wedi'u gwasgu yn ei gilydd yn dynn.

'Mae hi'n mynd i gwympo!' gwaeddodd Siriol, yn bryderus.

'Mae hi'n siglo dros bob man, a does dim hyd yn oed rhwyd i'w dal hi!' ebychodd Poli.

Roedd y tylwyth teg oedd wrthi'n creu'r pyramid hefyd wedi rhoi'r gorau i'w tasg erbyn hyn, a hwythau hefyd yn gwylio'n bryderus. Yn araf ac yn ofalus, ond heb lawer o sgìl, roedd y dylwythen deg ar y wifren uchel yn gosod un droed o flaen y llall ar raff nad oedd fawr lletach na'r rhuban yng ngwallt Siriol. Sawl tro bu bron â chymryd cam gwag, gan lwyddo i'w dal ei hun ar yr eiliad olaf. Ond pan gyrhaeddodd ganol y wifren, safodd yn stond.

'Mae hi wedi colli'i hyder,' meddai Moli, mewn braw. 'Dyw hi ddim yn gallu mynd dim pellach!'

'Bydd yn rhaid i rywun fynd yna i'w hachub hi,' meddai Poli.

'Ond meddylia beth fyddai hynny'n ei wneud i'w gyrfa ac i'w hyder hi!' ebychodd Siriol. A heb feddwl ddwywaith, gwaeddodd nerth ei phen, 'TI'N GALLU EI WNEUD E! CER AMDANI! TI'N GALLU!'

Ac yn sydyn roedd pob tylwythen yn y babell fawr yn curo dwylo ac yn galw gyda'i gilydd, 'TI'N GALLU EI WNEUD E!'

Yn araf ac yn ddramatig, cododd y dylwythen ar y wifren uchel un droed yn ofalus i'r awyr a'i gosod o'i blaen. Tawelodd y gynulleidfa ar unwaith; doedden nhw ddim am dynnu ei sylw. Wrth i'w throed ddisgyn, cymerodd gam gwag, a dechreuodd y dylwythen siglo un ffordd ac yna'r ffordd arall, yn fwy ac yn fwy simsan.

Doedd y gynulleidfa ddim yn gallu credu eu llygaid ac roedd rhai eisoes ar eu traed, yn barod i neidio i'r awyr i'w dal hi.

Ac yna, yn sydyn, syrthiodd y dylwythen deg oddi ar y wifren! Roedd Siriol a'i ffrindiau wedi'u parlysu ag ofn. Roedd pawb eisiau gwneud rhywbeth, ond y cyfan roedden nhw'n gallu'i wneud oedd syllu, â'u cegau ar agor, yn methu credu'r hyn oedden nhw'n ei weld.

Yna, mewn fflach, llanwyd y babell fawr â golau gwyn llachar! Ac o unman hedfanodd merlen brydferth, gryf a phefriog mor gyflym nes iddi greu awel y tu ôl iddi.

O fewn eiliadau, roedd y ferlen wedi dal y dylwythen deg ar ei chefn. Ac wrth iddi ddod â hi'n araf i lawr i'r ddaear, aeth y dorf yn wyllt!

Safodd pawb ar eu traed yn gweiddi! Cododd y ferlen ar ei choesau ôl a gweryru ar y gynulleidfa. Roedd y dylwythen fach yn saff.

* * *

Ar ôl y sioe, roedd Siriol a'i ffrindiau yn dal i fethu credu'r hyn roedden nhw wedi'i weld.

'Ddwedais i mai'r merlod oedd y peth gorau!' meddai Mali.

'Ti'n iawn,' cyfaddefodd Siriol. 'Dydyn nhw ddim yn ddwl o gwbl. Ro'n i'n siŵr fod y ferlen yna'n edrych arna i. Roedd hi'n glyfar iawn, ac yn hynod o dalentog.'

'Welsoch chi sut roedd ffrindiau'r ferlen yn casglu o'i chwmpas ar y diwedd, i'w llongyfarch hi?' gofynnodd Poli.

'Do!' meddai Siriol. 'Do'n i ddim wedi sylweddoli tan hynny bod teimladau gan ferlod.'

'O oes, maen nhw'n union fel ni,' meddai Mali. 'Maen nhw'n teimlo pethau yn yr un ffordd â ni.'

'Rydw i am geisio cael llun o'r ferlen fach wych ar fy ffôn,' meddai Siriol gan estyn i boced ei siaced.

'O!' meddai'n sydyn. 'Dyw fy ffôn

i ddim yma! Mae'n rhaid ei fod wedi disgyn allan yn ystod yr holl gyffro.'

'Arhoswn ni yma amdanat ti os wyt ti am fynd i chwilio,' meddai Poli'n garedig. 'Edrych, mae'r goleuadau'n dal ymlaen yn y babell fawr.'

Felly, hedfanodd Siriol mor gyflym ag y gallai yn ôl at y babell fawr. Roedd honno'n edrych yn llawer mwy nawr bod y lle'n wag. Yn gyflym, aeth Siriol at y lle'r oedd hi wedi bod yn eistedd a phlygu ar ei chwrcwd i chwilio o dan y seddau.

'Mae pawb wedi mynd,' meddai llais cras tylwyth teg o rywle. 'Mae'n saff i ni siarad.'

'Wel, aeth hwnna'n dda,' meddai llais mwy gwichlyd. 'Rwy'n credu bod y gynulleidfa'n wirioneddol gredu fy mod i'n mynd i syrthio.'

'Oedden,' cytunodd y llais dyfnach. 'Roedd yn actio da gen ti, a pherfformiad gwych gan Seren.'

Rhewodd Siriol yn y fan a'r lle.
O na! Twyll oedd y perfformiad!

'Trueni bod yn rhaid i ni adael Seren a'i thîm ar ôl,' meddai'r llais cras.

'Wyt ti'n siŵr o hynna?' holodd y llais gwichlyd. 'Mae'n rhaid bod yna ryw ffordd i ni allu mynd â nhw ar y Daith Syrcas o gwmpas y byd?'

'Trueni nad yw merlod yn gallu hedfan!' meddai'r llais cras.

'Ti'n gwybod, bydd Seren a'i ffrindiau'n ofnadwy o drist. Y syrcas yw eu bywyd nhw, a fydd ganddyn nhw ddim byd ar ôl hebddo fe,' meddai'r llais gwichlyd.

Cymerodd Siriol gip ar y tylwyth teg er mwyn iddi allu eu hadnabod os byddai hi'n eu gweld nhw eto. Roedd hi wedi clywed digon. Gan gydio yn ei ffôn, hedfanodd yn dawel allan o'r babell ac yn ôl at ei ffrindiau cyn i neb ei gweld hi. A dyna stori oedd ganddi i'w hadrodd!

* * *

Drannoeth, roedd hi'n fore Sadwrn. Roedd Siriol wedi bwriadu mynd i siopa, ond nawr roedd ganddi rywbeth llawer pwysicach i'w wneud.

Anfonodd neges destun at ei ffrindiau: 'Mynd i'r syrcas i dynnu llun o Seren. Dewch draw mewn hanner awr. S x.'

Roedd perfformwyr y syrcas wedi codi eu gwersyll yng nghornel bellaf y cae lle'r oedd y babell fawr. Roedd Seren a'i ffrindiau'n pori'n ddiog yn yr haul pan ddaeth Siriol, Moli, Poli, Mali a Gwenno draw atyn nhw.

'Helô!' galwodd Moli wrth ddringo ar y ffens.

Daliodd Seren ati i gnoi'n braf. Roedd hyn yn fwy pwysig o lawer na sgwrsio ag unrhyw dylwyth teg. Cododd Siriol ei chamera.

'Helô!' galwodd.

Ar unwaith, rhoddodd Seren y gorau i gnoi, a chodi'i phen gan edrych fel pe bai'n gwenu ar Siriol.

'Alla i ddim cael llun da o'r fan hyn,' cwynodd hithau.

'Dwyt ti ddim yn meddwl mynd i mewn i'r cae atyn nhw, nac wyt?' meddai Poli, oedd yn dechrau pryderu.

'Dim ond i dynnu llun o Seren,' meddai Siriol, 'ac fe ddo i allan yn syth.'

Cododd ei choes dros y ffens, ond wrth iddi ddringo drosti baglodd a syrthio gan rwygo'i sgert a'i theits.

Cyn i Poli gael cyfle i ddweud gair wrth ei ffrind, roedd Siriol wedi cael ei chodi a'i thaflu i'r awyr, gan lanio ar gefn Seren! Sgrechiodd Siriol, a daeth tylwyth teg y syrcas draw ar unwaith i weld beth oedd yn digwydd.

'Mae'r ferlen newydd fy achub i!' gwichiodd Siriol.

Roedd tylwyth teg y syrcas i gyd yn giglan.

'Mae'n rhaid ei bod hi'n dy hoffi di! Fyddai hi ddim yn gwneud hynna i rywun rhywun,' meddai tylwythen â llais gwichlyd. Roedd Siriol yn gwybod ar unwaith mai hon oedd y dylwythen a glywodd y noson cynt.

'Roedd gen i deimlad ei bod hi wedi fy nabod i o'r perfformiad neithiwr,' meddai Siriol, gan deimlo braidd yn ddwl. Roedd cannoedd o dylwyth teg yn y gynulleidfa neithiwr.

'Rwy'n gweld,' meddai'r dylwythen â'r llais gwichlyd. 'Rwy'n dy nabod di hefyd. Morfudd ydw i. Hoffech chi i gyd baned o de? Ac mae 'na rywbeth yr hoffwn ei ofyn yn breifat i ti.' Winciodd, gan godi'i haeliau ac edrych yn od ar Siriol.

Yn anfodlon, neidiodd Siriol oddi ar gefn Seren, rhoi cwtsh mawr iddi, a dilyn tylwythen y syrcas i mewn i'w charafán.

Wrth i Siriol eistedd ar y soffa rhwng Poli a Gwenno, agorodd drws y garafán a daeth y dylwythen deg â'r llais cras i mewn.

Llyncodd Siriol ei phoer ac edrych ar ei ffrindiau.

Caeodd y dylwythen y drws a'i gloi, ac yna trodd i edrych ar y criw o ffrindiau, oedd â'u hadenydd yn crynu mewn ofn.

'Falch i gwrdd â chi,' meddai'r dylwythen mewn llais oedd hyd yn oed yn fwy gwichlyd nag un Morfudd!

Edrychodd Siriol yn ddryslyd arni.

'Fioled ydw i. Rhaid i chi fy esgusodi i, rwy'n llawn annwyd, a dim ond nawr mae fy llais i'n dod 'nôl,' gwichiodd y dylwythen.

Ochneidiodd y tylwyth teg mewn rhyddhad.

'Mae'n ddrwg gen i os oeddwn i'n edrych yn od arnoch chi gynnau,' meddai Morfudd. 'Ond dydw i ddim yn hoffi dweud gormod o flaen y merlod.'

'Ydyn nhw'n deall?' gofynnodd Poli.

'O, ydyn, maen nhw'n deall,' meddai Morfudd. 'Mewn gwirionedd, does dim llawer o wahaniaeth rhwng tylwyth teg a merlod. Mae ganddyn nhw galonnau llawn cystal â'n rhai ni, ond dydyn nhw ddim yn gallu gwneud dymuniadau.'

'Na hedfan,' meddai Poli, oedd yn gwybod cyfrinach y syrcas.

'Na siarad chwaith,' meddai Moli, oedd yn dechrau meddwl bod Morfudd yn wallgof.

Ddywedodd Morfudd a Fioled 'run gair am ychydig, wrth i Morfudd dynnu llyfr llychlyd oddi ar y silff.

'Mae'r syrcas yn mynd ar daith o gwmpas y byd fory. Mae'n rhaid i ni adael Seren a'i ffrindiau ar ôl, ac felly dim ond dau ddewis sydd yna: naill ai rhaid i ni ddod o hyd i gartrefi newydd iddyn nhw, neu rhaid iddyn nhw ddysgu sut i hedfan er mwyn gallu dod gyda ni.'

Bu bron i Moli lyncu'i bisged mewn un darn. 'Dyw merlod ddim yn gallu hedfan. Rydyn ni'n gwybod mai tric oedd y sioe welson ni yn y syrcas.'

Edrychodd Morfudd a Fioled ar ei gilydd ac aeth pawb yn dawel.

'Sut ydych chi'n gwybod hynna?' gofynnodd Morfudd, a'i bochau'n fflamgoch.

'Fe ddigwyddais i eich clywed chi'n siarad ar ôl y sioe neithiwr,' meddai Siriol. 'Fedrwch chi ddim gadael y merlod ar ôl! Dylech chi gadw anifeiliaid am oes!'

'Yn hollol, dyna pam roedden ni eisiau siarad â chi,' dywedodd Morfudd, gan agor tudalen gyntaf y llyfr. 'Mae'r llyfr hwn yn cynnwys hen gyfarwyddiadau i ddysgu merlod sut i hedfan a siarad. Mae angen tylwythen deg sydd â pherthynas arbennig â'r ferlen i wneud iddo weithio. Rydyn ni wedi bod yn trio'u dysgu nhw ein hunain ers blynyddoedd, ond yn

anffodus does dim digon o amser.
Mae'n rhaid i ni fynd ar Daith y Syrcas
o gwmpas y Byd.'

'Pam ydych chi'n dweud hyn wrthon
ni?' gofynnodd Siriol.

'Oherwydd bod gen ti, Siriol, gyswllt
arbennig â Seren. Mae'n anarferol
iawn. Fe weles i'r peth neithiwr yn
llygaid Seren yn ystod y sioe. Roedd
hi'n edrych arnat ti drwy'r amser.'

'Ro'n i'n meddwl mod i'n dychmygu'r peth!' meddai Siriol. 'Rwy'n gwybod ei bod hi wedi fy adnabod i bore 'ma pan ddwedais i bore da wrthi.'

'Nid hynny'n unig, ond fe achubodd hi ti rhag syrthio hefyd. Fyddai Seren ddim yn gwneud hynny i bawb. Mae rhywbeth arbennig rhwng y ddwy ohonoch chi, ac rwy'n credu y gallet ti ddysgu Seren i hedfan. Wedyn fe allai hi ddysgu'i ffrindiau.'

'Ond rydych chi'n mynd fory! Does dim digon o amser!' meddai Siriol.

'Cymera faint fynni di o amser,' cynigiodd Fioled. 'Mae'n bosibl na wnaiff Seren fyth ddysgu hedfan, ac efallai na ddaw hi fyth yn ôl i'r syrcas, ond os na wnei di roi cynnig arni, fyddwn ni fyth yn gwybod.'

Yn sydyn, teimlodd Siriol don o hapusrwydd yn dod drosti. Sylweddolodd mai hwn oedd ei chyfle mawr i wneud rhywbeth gwerth chweil. Os gallai hi ddysgu'r merlod i hedfan, heb sôn am siarad, gallai hynny newid bywydau tylwyth teg ym mhobman. Yna cafodd syniad.

'Faint o ffrindiau sydd gan Seren?' gofynnodd.

'Pedair,' atebodd Fioled.

'Does gen i ddim digon o le i gadw pum merlen,' meddai Siriol yn ansicr.

'Does dim rhaid i ti,' cynigiodd Moli. 'Pum merlen – un bob un i ni! Gallwn ni dy helpu di, Siriol!'

Bu bron i Siriol neidio o'i chadair mewn cyffro. 'Wir?' meddai, gan droi at bob un o'i ffrindiau yn eu tro.

'Wrth gwrs!' meddai Mali, oedd eisoes wedi penderfynu y byddai hi'n cymryd yr un wen o'r enw Tegeirian. 'Ac rwy'n siŵr y bydd Brenhines y Tylwyth Teg yn gadael i ni ddefnyddio'i stablau hi.'

'Yn bendant,' meddai Moli, oedd wedi dewis Storm, yr un oedd â mwng hir tywyll.

'Dim problem,' meddai Poli, oedd

wedi dewis y ferlen fach frown o'r enw Lledrith.

'Dim ond os gaf i edrych ar ôl Gwynt y Môr, yr un fach wyllt,' meddai Gwenno.

'Wel dyna ni te,' meddai Morfudd. 'Ro'n i wedi ofni y byddai fory'n ddiwrnod llawn dagrau trist. Ond rwy'n gwybod nawr mai dagrau hapus fyddan nhw!'

Ac wrth ruthro at y merlod, eu ffrindiau newydd, roedd Siriol, Moli, Poli, Mali a Gwenno'n gwybod bod antur newydd ar fin dechrau.

Gall
anturiaethau hud

fod rownd
y gornel

Merlod Medrus

Roedd Siriol Swyn wedi dod i arfer â chodi'n gynnar. Ar un adeg, pan ddechreuodd hi yn Ysgol y Naw Dymuniad, roedd hi'n gallu aros yn ei gwely tan hanner awr wedi wyth, a llwyddo i gyrraedd yr ysgol mewn pryd (ambell waith!).

Ond ers y diwrnod y cytunodd i fabwysiadu merlen o'r enw Seren, doedd dim amser gan Siriol i aros yn hir yn ei gwely. Roedd Seren yn fwy gwerthfawr nag unrhyw awr o gwsg roedd hi'n ei cholli. Gyda'i phedair ffrind, roedd Seren wedi bod yn ferlen syrcas. Gan nad oedden nhw'n gallu hedfan ar draws y môr, roedd Seren, Tegeirian, Storm, Lledrith a Gwynt y Môr wedi gorfod ffarwelio â'u ffrindiau yn y syrcas wrth iddyn nhw gychwyn ar Daith o Gylch y Byd hebddyn nhw. Yn ffodus, roedd Siriol, Gwenno, Moli, Poli a Mali'n hapus iawn i roi cartrefi newydd i'r merlod.

'Dyma fi, Seren!' galwodd Siriol wrth iddi gyrraedd y glwyd i mewn i'r cae. Ond doedd dim angen galw ar Seren, roedd hi yno'n barod yn aros amdani. Roedd pob un o'r merlod syrcas yn gallu clywed yn arbennig o dda. Doedd Siriol ddim yn gwybod hynny, ond yr eiliad roedd hi'n codi i'r awyr roedd Seren yn gallu clywed ei hadenydd yn siffrwd wrth iddi hedfan at y cae.

Fel bob bore, tynnodd Siriol foronen o'i phoced a dechrau anwesu a chanmol Seren.

'O, ti'n edrych mor bert bore 'ma,' meddai gan giglo a rhwbio gwddf

Seren yn annwyl. 'Mae dy fwng di fel
aur disglair yn yr haul, a dy lygaid yn
pefrio'n las!'

Pwysodd Seren tuag ati'n gyfeillgar.

'Nawr,' meddai Siriol yn ddifrifol,
gan gamu'n ôl i ddangos i Seren ei
bod ar fin dweud rhywbeth pwysig.
'Fe fydda i ychydig yn hwyr yn dod
i dy farchogaeth di ar ôl yr ysgol
heddiw.'

Edrychodd Seren yn ôl arni'n ofalus,

gyda'i chlustiau i fyny, yn awyddus i ddeall beth roedd hi'n ei ddweud.

'Mae'n rhaid i mi fynd i gael trwsio fy ffon hud. Ond bydd Poli'n dod yma i farchogaeth Tegeirian, ac rwy'n siŵr y daw hi draw i ddweud helô wrthot ti hefyd.'

Ar ôl gwneud yn siŵr bod Seren yn hapus a diogel, a bod ganddi ddigon i'w fwyta am y dydd, ffarweliodd Siriol â hi'n anfodlon gan godi llaw ar ei ffrind gorau newydd.

* * *

Roedd gan Siriol ffrind gorau eisoes ymysg y tylwyth teg, sef Poli. Roedd Poli a hithau wedi adnabod ei gilydd ers blynyddoedd. Ond roedd cyfeillgarwch Siriol â Seren, y ferlen, yn gwbl wahanol. Roedd hi'n ymddiried yn llwyr yn Seren, a hyd yn oed yn dweud cyfrinachau wrthi na fyddai am eu rhannu â Poli.

Roedd Poli, Moli a Mali hefyd yn mwynhau eu perthynas newydd â'u merlod. Roedd Mali'n marchogaeth Tegerian bob nos yn y goedwig, gan chwilio am fathau gwahanol o flodau. Doedd Poli ddim yn gallu dioddef bod i ffwrdd oddi wrth Lledrith, felly byddai'n mynd â hi am dro hir bob bore a nos. Ac roedd Moli'n treulio pob munud sbâr yn cribo mwng Storm ac yn prynu'r addurniadau diweddaraf iddi hi.

Ond doedd pob un o'r ffrindiau oedd wedi mabwysiadu merlen syrcas ddim yn teimlo 'run fath.

Roedd Gwenno am fod yn dylwythen deg antur un diwrnod. Roedd hi wedi dewis ei merlen, Gwynt y Môr, oherwydd ei mwng gwyllt. Pan welodd hi'r ferlen am y tro cyntaf, roedd hi'n dychmygu'r ddwy ohonyn nhw'n mwynhau un antur ar ôl y llall gyda'i gilydd. Ond, yn ôl beth allai Gwenno ei weld, dim ond un rheswm oedd yna dros flerwch mwng Gwynt y Môr – doedd hi ddim yn hoffi neb yn ei

Ch . . . chwyrnu

frwsio! Mewn gwirionedd, doedd
Gwynt y Môr ddim yn hoffi gwneud
unrhyw beth ar wahân i fwyta gwair,
cysgu a mwynhau teimlo gwres yr
haul ar ei chefn.

I Gwenno, oedd mor llawn bywyd,
roedd cael merlen ddiog yn broblem.
Dyna'r unig beth roedd hi'n gallu
siarad amdano drwy'r amser chwarae
yn yr ysgol y diwrnod hwnnw.

'Dyw Gwynt y Môr ddim eisiau
gwneud unrhyw beth!' ebychodd.
'Mae hi mor ddiflas fel bod yn rhaid

i fi gyfaddef, gyda chymaint o bethau eraill mwy diddorol i'w gwneud, dyw ei gweld hi ddim yn dod ar frig fy rhestr i.'

Rhoddodd Mali ei braich am ysgwydd Gwenno i'w chysuro. 'Rhaid bod yna ryw reswm. Rwy'n siŵr nad fel hyn oedd hi yn y syrcas.'

'Mae'n rhaid i fi alw heibio'r siop trwsio ffyn hud ar ôl yr ysgol,' meddai Siriol, 'ond rwy'n ddigon hapus i gwrdd â ti wedyn yn y stablau i weld a fedra i a Seren dy helpu.'

'Diolch, Siriol. Does gen i ddim syniad beth i'w wneud,' meddai Gwenno.

* * *

Er bod Siriol wedi dweud wrth Seren y byddai hi'n hwyr, gallai synhwyro bod y ferlen yn bryderus am nad oedd hi wedi bod draw ati. Doedd Siriol ddim wedi cael merlen o'r blaen, a doedd hi ddim wedi sylweddoli mor bwysig oedd cadw at drefn gyson bob dydd.

Roedd Seren yn aros amdani, ac ar ôl rhoi moronen iddi dywedodd Siriol hanes ei diwrnod wrthi, gan sôn hefyd am broblem Gwynt y Môr. Ar ôl gosod y cyfrwy, i ffwrdd â Siriol a Seren i gwrdd â Gwenno yn y cae nesaf.

Pan gyrhaeddon nhw gae Gwynt y Môr, doedd dim golwg o Gwenno yn unman. Aeth awr gyfan heibio cyn i Siriol glywed sŵn siffrwd cyfarwydd adenydd ei ffrind.

'O, o!' ebychodd Gwenno'n fyr ei gwynt. 'Sori am hynna. Fe geisiais i ddod yn syth ar ôl yr ysgol, ond wrth i mi hedfan uwchben Cwmwl Rhif Naw fe welais eu bod nhw newydd adeiladu wal ddringo newydd. A phan mae 'na gyfle am antur, wel . . .' Stopiodd Gwenno'n stond pan welodd yr olwg flin ar wyneb Siriol.

'Beth?' gofynnodd Gwenno, gan dwtio'i gwallt. 'Sori mod i'n edrych yn flêr, ond ro'n i'n hedfan fel y gwynt.'

Ysgydwodd Siriol ei phen.

'Nid fy ngwallt sy'n dy boeni di? O!' meddai Gwenno. 'Dy gardigan di, te! Sori, fe wnest ti ei gadael hi ar y bachyn yn yr ysgol, a do'n i ddim yn meddwl y bydde ots gen ti mod i'n ei benthyg.'

Ond ddywedodd Siriol 'run gair, dim ond ysgwyd ei phen yn ddifrifol unwaith eto.

'Nid fy ngwallt blêr, nid dy gardigan di . . .' meddai Gwenno mewn penbleth. 'Beth te?'

Edrychodd Siriol draw at gae Gwynt y Môr.

'O!' meddai Gwenno. 'Ble mae fy merlen i wedi mynd?'

'Wnest ti ddim hyd yn oed sylwi,

naddo?' meddai Siriol. 'Mae Seren a
Gwynt y Môr yn mwynhau eu hunain
yn chwarae yn y cae nesaf. Mae digon
o olau dydd ar ôl. Beth am i ni fynd
am dro gyda'n gilydd?'

Cochodd Gwenno. 'Wel, ti'n gwybod
sut mae Gwynt y Môr wedi bod yn
ddiweddar – dim awydd gwneud
unrhyw beth – felly dydw i ddim wir
wedi bod yn mynd â hi i unman.
Dydw i ddim wedi glanhau'i chyfrwy,
brwsio'i chot, na rhoi olew ar ei
charnau ers oesoedd . . .'

'Dim ots am hynna,' meddai Siriol.
'Gawn ni sesiwn harddwch i'r merlod
ar ôl i ni fod allan!'

Roedd Gwynt y Môr yn anfodlon
braidd wrth i Gwenno osod y cyfrwy
arni a neidio i eistedd ynddo. Oni bai
bod Seren wedi'i pherswadio hi, roedd
Siriol yn amau a fyddai Gwynt y Môr
wedi gadael i Gwenno fynd ar ei
chefn o gwbl.

✳ ✳ ✳

Roedd Siriol wedi dysgu llawer am
y wlad o'i chwmpas yn ddiweddar.
Cyn hyn, dim ond wedi hedfan drosti i
gyrraedd Traeth Llachar roedd hi
wedi'i wneud, neu fynd am bicnic
ambell dro. Ond erbyn hyn roedd hi'n
gwybod am yr holl lwybrau cerdded.
Roedd cysgodion ysgafn yr haf yn
syrthio ar gefnau'r tylwyth teg wrth
iddyn nhw farchogaeth yn araf ar hyd
lonydd y wlad nes cyrraedd cae yn
llawn glaswellt gwyrdd, hyfryd.

'Beth am gyflymu ychydig!' awgrymodd Siriol, gan adael i Gwenno fynd yn ei blaen.

Eisteddodd Gwenno'n gadarn yn y cyfrwy, a chyffwrdd ochrau Gwynt y Môr â'i choesau i wneud iddi ruthro ymlaen â'i charnau'n dyrnu'r llawr.

Pan stopiodd y merlod, roedd y ddwy dylwythen yn wên o glust i glust.

'Roedd hwnna'n anhygoel!' meddai Gwenno.

'Gwych!' meddai Siriol.

'Do'n i ddim yn meddwl y gallai unrhyw beth fod yn gymaint o hwyl ac antur, ond roedd hwnna'n ardderchog!'

'Wel, mae gen i syniad,' meddai Siriol, oedd wedi bod yn meddwl llawer am Gwynt y Môr a Gwenno wrth farchogaeth. 'Dydw i ddim yn meddwl bod Gwynt y Môr yn ferlen ddiog. Efallai nad yw hi'n frwd iawn, ond gydag ychydig o hud a lledrith rwy'n credu y gallwn ni newid pethau . . . gyda'n gilydd.'

'Sut?' holodd Gwenno.

'Rwy'n credu y byddai'n help petai Gwynt y Môr a Seren yn rhannu cae am ychydig. A falle gallwn ni'n dwy ymweld â'r merlod gyda'n gilydd, a mynd am dro fel hyn bob prynhawn.'

Cytunodd Gwenno'n frwd.

* * *

Roedd y sesiwn harddwch roedd Gwenno a Siriol wedi'i rhoi i'r merlod ar ôl eu taith yn hwyl ryfeddol. Roedd Gwynt y Môr wedi synnu Gwenno drwy adael iddi frwsio'i chot nes ei bod yn sgleinio fel arian.

Mae merlod wrth eu bodd yn cael digon o ffws a sylw.

Ond er siom i Siriol, roedd y cwbl yn ofer.

Ar ôl dod â Gwynt y Môr draw i gae Seren, addawodd Gwenno gyfarfod â Siriol y bore wedyn am wyth o'r gloch, cyn iddyn nhw hedfan i'r ysgol. Ond am hanner awr wedi wyth, doedd dim golwg o Gwenno yn unman.

'O, Gwynt y Môr,' meddai Siriol. 'Diolch byth nad yw Seren yn ferlen eiddigeddus. Heb Gwenno, dim ond fi sydd yma i ddweud wrthot ti mor hardd wyt ti. Rwyt ti mor brydferth ar ôl cael dy frwsio.'

Gweryrodd Gwynt y Môr yn hapus, ond roedd Siriol yn gallu gweld yn ei llygaid mai Gwenno roedd hi am ei gweld, mewn gwirionedd.

Llwyddodd Siriol i weld Gwenno o'r diwedd amser chwarae, ond prin y gallodd ddweud gair gan fod Gwenno mor brysur yn trafod ei bore cyffrous.

'Diolch byth dy fod di'n ddiogel,' meddai Siriol o'r diwedd. 'Felly, roedd cael antur arall yn bwysicach na gweld dy ferlen fach, oedd hi?'

Edrychodd Gwenno'n chwithig. 'Na!' protestiodd. 'Ro'n i'n gwybod y byddet ti yno, ac roedd Gwynt y Môr yn iawn, on'd oedd hi?'

Gwgodd Siriol.

'Mae'n ddrwg gen i, Siriol. Beth am fynd am dro ar ôl yr ysgol?' meddai Gwenno'n ymddiheurol.

Aeth Siriol i eistedd o dan yr Hen Dderwen Fawr ar ei phen ei hun i feddwl. Roedd hi'n siŵr bod rhyw ffordd o helpu Gwenno a Gwynt y Môr i ddod yn nes at ei gilydd. Penderfynodd ffonio Morfudd yn y syrcas; efallai ei bod hi'n gwybod rhywbeth am Wynt y Môr a allai helpu.

✳ ✳ ✳

'Rydw i wedi penderfynu mynd â ti i rywle gwahanol heddiw,' meddai Siriol wrth Gwenno. Roedd hi'n gosod y cyfrwy ar Seren, oedd yn sefyll yn ymyl Gwynt y Môr y prynhawn hwnnw.

'O,' meddai Gwenno'n siomedig. 'Ro'n i'n edrych ymlaen at gael mynd i'r un lle eto.'

'Bydd hwn hyd yn oed yn fwy o hwyl. Dydw i ddim wedi bod yno o'r blaen, ond rwy'n clywed ei fod yn lle cyffrous iawn,' meddai Siriol gan deimlo braidd yn euog am ddweud celwydd golau.

'Ffwrdd â ni te!' meddai Gwenno wrth farchogaeth ar gefn Gwynt y Môr a dilyn Siriol allan o'r cae.

Roedd y llwybr cul, troellog yn mynd yn fwy a mwy anodd i deithio ar ei hyd. Plygai cangau isel drosodd o bob ochr nes bod y llwybr yn edrych fel twnnel gwyrdd.

'Wyt ti'n siŵr ein bod ni'n mynd y ffordd iawn?' gofynnodd Gwenno.

Gwthiodd gangen arall o'r ffordd rhag iddi ei tharo yn ei hwyneb.

'Ym . . . ydw, rwy'n meddwl,' meddai Siriol gan esgus bod yn ansicr. 'Edrych, dacw'r goedwig draw fan acw!'

Ac o'u blaen roedd Gwenno'n gallu gweld jyngl tywyll o goed.

'Ydyn ni'n mynd i mewn i fan'na? Ar ddiwrnod heulog fel heddiw?' holodd yn syn.

'Ydyn,' gwenodd Siriol. 'Yn y canol mae 'na lecyn clir, mae'n debyg, gyda llwybr sy'n arwain at ben bryn – ac o'r fan honno rwyt ti'n gallu gweld Tre'r Blodau i gyd.'

Roedd Gwenno wrth ei bodd ag antur, ond roedd hi a Gwynt y Môr yn ansicr iawn wrth ddilyn Siriol. Doedd hi ddim yn edrych fel pe bai yna le clir yng nghanol coedwig mor drwchus. Ac a bod yn onest roedd Gwenno, oedd fel arfer mor ddewr, yn teimlo'n eithaf ofnus.

'Mae hi mor dywyll yma,' sibrydodd. 'Sut wyt ti'n gwybod lle i fynd?'

'Dydw i ddim,' meddai Siriol, gan ddweud celwydd golau arall. 'Does dim syniad gen i sut i gyrraedd y man canol. Ro'n i'n gobeithio bydden ni'n dod o hyd iddo.'

Gwingodd Gwenno. Roedd fforestydd a choedwigoedd yn llefydd hudol, ond roedden nhw'n gallu bod yn llefydd peryglus hefyd.

'Beth oedd hwnna?' gwichiodd Gwenno, wrth glywed sŵn brawychus o'i chwmpas.

'O!' meddai Siriol, gan esgus bod yn ofnus hefyd, er mai hi ei hun oedd wedi gwneud y sŵn.

'Dydw i ddim yn hoffi hyn,' cyfaddefodd Gwenno o'r diwedd. 'Rhaid i ni ddod o hyd i'r llecyn clir, yn reit sydyn!'

Dyma oedd Siriol wedi bod yn aros i'w glywed.

'Beth am i ni wahanu?' awgrymodd. 'Bydd mwy o siawns i un ohonon ni ddod o hyd i'r lle wedyn. A dylai pwy bynnag sy'n dod o hyd iddo'n gyntaf adael ei merlen a hedfan i ddweud wrth y llall.'

Heb feddwl yn iawn, cytunodd Gwenno.

'Cer di'r ffordd yna ac fe af i'r ffordd yma,' anogodd Siriol. 'Wela i di cyn bo hir – gobeithio!'

* * *

Roedd Siriol yn gwybod y ffordd yn iawn, felly daeth hi o hyd i'r llecyn hyfryd yn ddidrafferth. Clymodd ffrwyn Seren i goeden gyfagos a hedfan i'r awyr.

Cyn pen dim gwelodd hi Gwenno, yn agos iawn at y fan lle roedd y ddwy wedi gwahanu funudau ynghynt. Fel roedd Siriol wedi cynllunio, roedd Gwenno'n gwneud ei ffordd i fyny rhiw serth oedd â drain pigog dros y llwybr i gyd. Cofiodd Siriol sut roedd pobl wedi cymeradwyo Gwynt y Môr yn y syrcas am y ffordd roedd hi'n camu mor fedrus. Ac wrth iddi hedfan uwch eu pennau, roedd Siriol yn gobeithio bod Gwynt y Môr yn dal i gofio sut i gamu'n sionc.

'O, na!' clywodd Gwenno'n galw pan welodd y rhiw serth a'r drain.

'Rydyn ni'n sownd. Allwn ni byth ddod i lawr o'r fan hon. Gwynt y Môr, AROS! Paid â mynd ymlaen . . .'

Yn sydyn, dechreuodd Siriol amau a oedd hi'n gwneud y peth iawn. Roedd yn anodd iddi wylio'i ffrind mewn trafferth.

Ond doedd dim angen iddi boeni. Roedd Gwynt y Môr yn gwneud llawer mwy na chamu'n ofalus rhwng y drain. Roedd hi'n edrych fel pe bai hi'n dawnsio! Ac yn fwy na hynny, roedd hi'n amlwg yn mwynhau . . . a Gwenno hefyd – roedd hi'n chwerthin!

Ond cyn gynted ag y llwyddodd y ddwy i fynd drwy'r drain, pylodd gwên Gwenno. O'u blaenau roedd y tir yn ymddangos fel pe bai'n diflannu, i mewn i raeadr gwyllt o ddŵr.

'Fyddai Tylwyth Teg y Dŵr, hyd yn oed, ddim yn gallu croesi fan hyn heb foddi!' ebychodd Gwenno wrth Gwynt y Môr. 'Siriol, rydyn ni'n sownd! Ble wyt ti? Siriol!' gwaeddodd.

Roedd yn rhaid i Siriol ymladd â'i chydwybod er mwyn peidio gadael i Gwenno ei gweld wrth iddi hedfan yn dawel uwch eu pennau, o'r golwg y tu ôl i ddail y coed.

Dechreuodd Gwenno igian crio, gan ofleidio gwddf Gwynt y Môr am gysur. Oni bai bod ganddi gyfrinach, byddai Siriol wedi hedfan i'w helpu ar unwaith.

Roedd rheswm da dros enw Gwynt y Môr. Pan oedd yn ferlen ifanc, roedd hi wedi byw ar lan y môr ac wedi dysgu nofio'n ifanc iawn. Cyn hir roedd hi'n gallu nofio mor gyflym nes ei bod

hi'n codi allan o'r dŵr. O bellter roedd yn edrych fel pe bai hi'n arnofio'n urddasol ar wyneb y dŵr.

Roedd adenydd Siriol yn dechrau blino, ac wrth iddi addasu'r strapiau clywodd sgrech ofnadwy.

'NAAAAAAaaaaaa,' gwaeddodd Gwenno. 'HEEEEEELLLLLP . . . ni'n . . . o waw, ni'n . . . rhedeg ar y dŵr!'

Ac wrth edrych i lawr gwelodd Siriol bod Gwenno'n marchogaeth yn uchel yn ei chyfrwy wrth i Gwynt y Môr ddangos iddi beth roedd hi'n gallu'i wneud.

Erbyn iddyn nhw gyrraedd yr ochr

draw, roedd Siriol wedi glanio ac yn aros amdanyn nhw.

'Roedd hwnna'n anhygoel!' ebychodd Gwenno.

'Dilyn fi!' meddai Siriol, gan arwain Gwynt y Môr a Gwenno at y llecyn clir yng nghanol y coed.

'Ras i'r top!' galwodd Siriol, heb roi eiliad i Gwenno ddod ati'i hun.

Ac o fewn eiliadau roedd y ddwy ferlen yn carlamu i fyny'r bryn ochr yn ochr. Gyda'r gwynt yn eu gwalltiau a'u dwylo'n dynn ar y ffrwyn, roedd y ddwy dylwythen yn teimlo rhyw gysylltiad clòs iawn rhyngddyn nhw a'u merlod. Roedd eu symudiadau'n llyfn, a theimlai Siriol a Gwenno fel pe baen nhw'n hedfan!

Pan gyrhaeddon nhw gopa'r bryn, doedd Gwenno ddim yn gallu siarad am beth amser. Eisteddodd gan bwyso yn erbyn gwddf Gwynt y Môr. A phan siaradodd o'r diwedd, nid gyda Siriol oedd hynny, ond gyda'i merlen.

'Diolch,' meddai wrth anwesu Gwynt y Môr. 'Rwy'n ofni 'mod i wedi dy anwybyddu di, ac rwy'n addo na wna i hynny fyth eto. Dyna'r antur orau i mi ei chael erioed.'

'Rydych chi'ch dwy yn dîm da!' meddai Siriol gan eu cofleidio.

Ac wrth i Siriol gerdded Seren yn ôl at y stablau, sylwodd fod streipen hyfryd, lliwiau'r enfys, wedi ymddangos ar ei chynffon. 'Mae hwn yn ddechrau rhywbeth hudol,' sibrydodd yng nghlust y ferlen.

Mae gwneud pethau newydd
gyda'ch ffrindiau

bob amser yn hwyl

Hedfan Hudol

Roedd Siriol Swyn a'i ffrindiau Moli,
Poli, Mali a Gwenno wedi mabwysiadu
merlen bob un. Roedd y syrcas y bu'r
merlod yn perthyn iddo wedi mynd ar
daith i ben draw Byd y Tylwyth Teg, a
gan nad oedd y merlod yn gallu hedfan
roedden nhw wedi cael eu gadael ar ôl.

Roedd tylwyth teg y syrcas hefyd
wedi gadael llyfr lledr, mawr, llychlyd
ar eu hôl. Roedd hwnnw'n cynnwys yr
unig gyfarwyddiadau ar sut i helpu'r
merlod a'u cael yn ôl i'r syrcas.

'Dydych chi ddim wir yn credu'r holl stwff yna, ydych chi?' gofynnodd Moli wrth iddi edrych dros ysgwydd Mali ar dudalennau'r hen lyfr.

'Mae'r cyfarwyddiadau ar gyfer dysgu merlen i hedfan yn swnio mor syml,' atebodd Mali, gan syllu ar y lluniau.

'Os bydden nhw'n syml, bydde 'na lawn cymaint o ferlod yn yr awyr ag sydd yna o adar!' meddai Poli, gan chwerthin wrth feddwl am y peth.

Eisteddodd Siriol nesaf at Mali gan afael yn y llyfr trwm. 'Rwy wedi'i drio fe dro ar ôl tro,' meddai, gan symud ei bys dros yr wyth cam syml. 'Ond mae popeth yn mynd o chwith wrth i chi daenu'r llwch pefriog yn ystod cam pedwar.'

'Dyna i gyd roedd yr hyfforddwr yn y syrcas yn gallu 'i wneud hefyd, yntê?' holodd Gwenno.

'Hmmm,' meddai Siriol, 'ac roedd hi wedi bod yn ceisio'u dysgu nhw ers blynyddoedd!'

'Falle,' meddai Poli'n rhesymegol, 'mai ffuglen yw'r llyfr yma. Does dim un ohonon ni wedi gweld merlen sydd wir yn gallu hedfan. Does neb yn gwybod os yw e'n gweithio.'

Ac er bod Siriol eisiau iddo fe fod yn wir, roedd hi'n llawn amheuon hefyd. Roedd y llyfr yn edrych yn ddigon dilys, ond roedd rhai o'r penodau hyd yn oed yn fwy anghredadwy na'r un roedden nhw'n edrych arni.

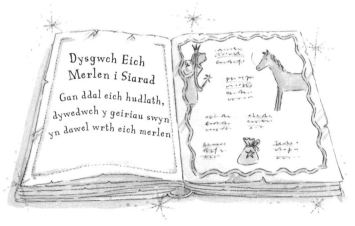

'Rwy'n credu y dylen ni daflu'r llyfr i ffwrdd a dechrau o'r dechrau eto, yn ein ffordd ein hunain,' awgrymodd Poli.

'Os ydych chi'n gofyn i fi,' meddai Moli, 'ddylen ni anghofio am yr holl beth.'

'Falle eich bod chi'ch dwy'n iawn,' meddai Siriol, oedd yn meddwl am y merlod. 'Rydw i wedi bod yn ymarfer yr un pedwar cam gyda Seren bob nos ar ôl ysgol ers dros dair wythnos. Mae'n hen bryd i ni gael saib.'

Felly cytunodd y tylwyth teg y bydden nhw'n rhoi'r gorau am y tro i geisio dysgu'r merlod i hedfan. Caeodd Poli dudalennau mawr y llyfr a'i roi yn y bin ailgylchu. Ac wrth iddi wneud hynny, daeth breuddwyd y merlod o gael ailymuno â'r syrcas i ben.

* * *

Aeth bywyd y tylwyth teg yn ei flaen fel arfer. Bob dydd roedd y ffrindiau'n mynd i Ysgol y Naw Dymuniad, a chyn gynted ag y canai'r gloch ar ddiwedd y wers olaf, byddai Siriol, Moli, Poli, Gwenno a Mali'n hedfan mor gyflym ag y gallen nhw at y stablau lle'r oedd eu merlod yn aros amdanyn nhw.

Fel arfer bydden nhw'n gosod
cyfrwyau ar y merlod ac yn marchogaeth
gyda'i gilydd dros y bryniau o gwmpas
Tre'r Blodau. Ond ar y penwythnos,
pan oedd ganddyn nhw fwy o amser,
roedden nhw'n treulio oriau'n brwsio
cotiau'r merlod, yn cribo a phlethu'u
cynffonnau a rhoi olew ar eu
carnau nes eu bod yn disgleirio.

Roedd y tylwyth
teg a'r merlod yn
hapus, ond roedd Siriol
wedi dechrau teimlo'n bryderus.
Ddwywaith roedd hi wedi gweld ei
merlen, Seren, yn plygu dros y ffens –
nid yn ceisio cyrraedd y gwair ar yr

ochr arall, ond yn edrych draw at y bryniau a'r môr. Pan ddigwyddodd hyn am y trydydd tro, roedd Siriol yn gwybod nad dychmygu roedd hi. Ac er nad oedd Seren yn gallu siarad, roedd Siriol yn gwybod ei bod yn hiraethu am ei ffrindiau yn y syrcas ac yn dyheu am gael mynd yn ôl atyn nhw.

Y noson honno, breuddwydiodd Siriol ei bod yn rasio ar gefn Seren. Roedd carnau Seren yn taranu mor gyflym fel mai prin roedden nhw'n cyffwrdd â'r ddaear; yna, yn sydyn, cododd i'r awyr ac roedd y ddwy'n hedfan i fyny'n uchel dros y cymylau, gan adael y ras ymhell y tu ôl iddyn nhw. Pan ddihunodd Siriol a sylweddoli ei bod yn hofran uwchben ei gwely, yn dal ei gobennydd, roedd hi'n gwybod beth roedd yn rhaid iddi ei wneud.

✳ ✳ ✳

'Rwy'n mynd i ddechrau dysgu Seren i hedfan eto,' meddai Siriol wrth ei ffrindiau yn yr ysgol y bore wedyn.

'Rwy'n gwybod ei fod yn amhosib, a'n bod ni i gyd wedi trio'n gorau'n barod, ond mae'n rhaid i mi – er mwyn Seren.'

'Welais i ti'n ysgrifennu rhywbeth yn dy lyfr yn y wers Gemeg,' meddai Poli, 'a doedd e ddim yn edrych fel yr arbrawf roeddet ti i fod yn ei gofnodi.'

'Ti'n iawn,' meddai Siriol yn gyffrous, gan estyn i'w bag. 'Hwn oedd e . . .'

Agorodd Siriol ei llyfr Cemeg gan droi'r tudalennau i wynebu'i ffrindiau.

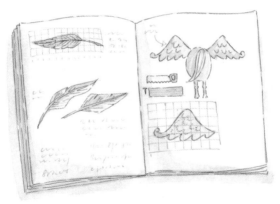

'Waw!' meddai Moli'n gyffrous, gan droi'r dudalen. 'Beth yw e?'

'Ges i freuddwyd!' meddai Siriol, heb ateb ei ffrind yn uniongyrchol. 'Pan ddihunes i, fe ges i syniad. Beth oedd y peth cyntaf i ni ei wneud cyn dysgu hedfan?'

Ceisiodd Mali gofio'n ôl i'r hen ddyddiau cyn iddyn nhw gael eu hadenydd.

'Roedden ni'n ymarfer chwifio'n breichiau,' galwodd.

'Cyn hynna,' meddai Siriol.

'Roedden ni'n neidio oddi ar waliau isel,' meddai Moli.

'Cyn hynna hyd yn oed . . . dewch . . . mae'n rhaid eich bod chi'n cofio,' meddai gan edrych ar wynebau syn ei ffrindiau.

'Mae'n ddiwrnod y byddwch chi'n ei gofio am byth!' anogodd Siriol, gan eu hatgoffa drwy droi ei chefn, siglo'i phen ôl a chwifio'i hadenydd.

'Fe brynon ni nicers arbennig i atal y gwynt?' dyfalodd Moli.

'Fe brynon ni ein pâr cyntaf o adenydd!' ebychodd Siriol.

'A dyma'r cynlluniau rydw i am eu defnyddio i wneud ei phâr cyntaf o adenydd i Seren.'

'Ond doedd y llyfr mawr lledr ddim yn sôn o gwbl am adenydd i ferlod,' meddai Poli.

'Ac fe gytunon ni nad oedd y cyfarwyddiadau yn y llyfr yn gweithio,' meddai Siriol. 'Rwy'n siŵr y bydd yr adenydd hyn yn iawn!' Caeodd y llyfr a'i wthio'n ôl i'w bag, gan hedfan i'r awyr. 'Wela i chi ddydd Llun!' galwodd, gan adael pedair tylwythen deg syn ar ei hôl.

✳ ✳ ✳

Roedd Seren yn teimlo'n ddryslyd. Roedd Siriol wedi bod yn ei chosi drwy'r bore gyda thâp mesur, a nawr roedd hi'n tisian ac yn giglan dan fynydd o blu.

Pan ddaeth hi i'r golwg o'r diwedd, roedd hi'n gafael yn yr aderyn mwyaf roedd Seren wedi'i weld erioed. Cafodd fraw wrth ei weld, ond wrth iddi gamu'n ôl yn ofnus, daeth wyneb Siriol i'r golwg o'r tu ôl i'r adenydd.

'Dim ond fi sy 'ma!' meddai hi wrth Seren.

'Mae'r rhain,' meddai hi'n grand, 'yn mynd i dy helpu di i hedfan!'

Gweryrodd Seren yn ddryslyd.

'Nawr, aros yn llonydd a dal dy ben i fyny,' meddai Siriol. Yna cododd yr adenydd dros ei phen a'u gosod yn ofalus ar ysgwyddau Seren.

Ar ôl eu haddasu ychydig a'u clymu, safodd Siriol yn ôl. 'Perffaith!' ebychodd, gan guro'i dwylo a neidio i fyny a lawr.

'Nawr rwyt ti'n edrych fel merlen sy'n gallu hedfan!'

Yn lle mynd drwy'r un pedwar cam roedd hi wedi bod yn eu dysgu i Seren o'r hen lyfr, defnyddiodd Siriol ei dull ei hun. Byddai wedi hoffi meddwl bod y dull yn ganlyniad blynyddoedd o ymchwil gwyddonol, ond dim ond dyfalu roedd Siriol mewn gwirionedd.

'Iawn te,' meddai hi'n betrus wrth dynnu moronen flasus o'i phoced. 'Dere i sefyll fan hyn.'

Edrychodd Seren ar y foronen, ac yna ar Siriol, oedd yn sefyll yn simsan ar ben wal isel, lydan o'i blaen. Doedd hi ddim am siomi'r dylwythen, ond roedd byw mewn syrcas wedi dysgu pob math o reolau diogelwch i Seren.

'Dere mlaen,' meddai Siriol. 'Edrych, mae'n hawdd!' meddai'n anogol gan neidio i'r ddaear. 'Defnyddia dy adenydd i gadw cydbwysedd.'

Rhoddodd Seren ei chlustiau'n ôl ar ei phen. Yn ofalus, cododd ei charnau blaen a'u gosod ar y wal.

'Go dda!' anogodd Siriol, gan adael

iddi gymryd cegaid o'r foronen. 'Nawr y ddwy droed ôl.'

Safodd Seren yn eu hunfan. Roedd hi'n gallu teimlo'r wal yn crynu oddi tani.

'Os gwnei di hyn, fe fyddwn ni gam yn nes at ddod o hyd i dy ffrindiau dros y môr,' meddai Siriol.

Am ei bod hi'n awyddus i blesio, ac er ei fod yn groes i'r hyn roedd am ei wneud, rhoddodd Seren ei phwysau i gyd ar ei choesau blaen a chodi'i choesau ôl i neidio ar y wal. Gwthiodd Siriol hi o'r tu ôl, ac yna roedd Seren yn sefyll yn chwithig ar y wal isel. Rhoddodd Siriol weddill y foronen iddi.

'Nawr te,' meddai Siriol, gan ddal ei breichiau ar led fel pe bai hi am ddal Seren, 'defnyddia dy adenydd i gadw dy gydbwysedd, a . . . NEIDIA!'

Wrth i Seren gnoi ei moronen, teimlodd ei chydbwysedd yn simsanu . . . ond yn lle neidio dechreuodd syrthio'n araf tuag at Siriol.

Rhewodd Siriol. Doedd hi ddim yn

gwybod a ddylai hi
ei hachub ei hun
trwy neidio o'r
ffordd, neu aros
lle'r oedd hi i
geisio achub
Seren.

Yn y pen
draw, roedd yn
gymysgedd o'r
ddau. Wrth i Seren
gwympo'n chwithig ar y llawr,
sylweddolodd Siriol ei bod hi'n sownd
i'r llawr a'r ferlen yn gorwedd ar ei
hadenydd.

'O, o, o!' oedd y cyfan y gallai Siriol
ei ddweud dros weryru poenus Seren.

Gan wingo'n wyllt, llwyddodd i'w
rhyddhau ei hun, a symud ar unwaith
at ochr Seren.

'O, Seren!' galwodd Siriol. 'Wyt ti'n
iawn?'

Ond yn ôl y gweryru oedd yn dal i
ddod o geg Seren, a'r ffordd roedd hi'n

anadlu'n ddwfn drwy'i thrwyn, roedd
yn amlwg nad oedd pethau'n iawn
o gwbl.

'O, na!' meddai Siriol, gan weld y
briw ar goes Seren. 'Rwyt ti wedi cael
anaf, rydw i wedi dy anafu di! Dyna
ofnadwy. Aros lle'r wyt ti. Fe af i
chwilio am rywun i helpu.'

Galwodd Siriol ar Poli i ddod i
edrych ar ôl Seren wrth iddi hithau
hedfan mor gyflym ag y gallai i dŷ
milfeddyg y tylwyth teg.

Enw'r milfeddyg oedd Mirain.

Ac er ei bod hi ar ganol bwyta'i chinio, paciodd Mirain ei bag milfeddyg a mynd ar unwaith gyda Siriol at y fan lle'r oedd Seren yn gorwedd.

Roedd Seren yn griddfan yn dawel erbyn hyn, ac yn edrych yn fwy anhapus nag oedd Siriol wedi'i gweld hi erioed.

'Fy mai i yw e,' meddai Siriol, gan esbonio'r adenydd pluog oedd yn dal ar gefn y ferlen. 'Ro'n i'n ceisio'i dysgu hi sut i hedfan.'

Roedd Mirain wedi gweld pob math o drychinebau gydag anifeiliaid, ond doedd hi erioed wedi gweld dim byd fel hyn! Aeth ati ar unwaith i lanhau briw Seren, a rhoi rhywbeth iddi i leddfu'r boen, ac yn fuan iawn roedd hi'n sganio'i choes â ffon hud laser.

Cofleidiodd Poli ei ffrind gorau yn dyner. 'Bydd popeth yn iawn,' meddai, gan geisio swnio'n obeithiol.

'O, trueni nad yw merlod yn gallu siarad,' ochneidiodd Mirain. 'Dyw'r sgan yma ddim yn dweud y stori'n llawn. Mae angen i mi wybod a ydy Seren wedi torri'i phigwrn, neu ai wedi troi'i throed yn unig mae hi. Alla i ddim mentro'i chodi ar ei thraed rhag ofn fod y pigwrn wedi torri, ond os mai dim ond wedi'i throi mae hi, byddai'n iawn iddi godi.'

'Felly byddai'n well iddi hi orwedd?' holodd Poli.

'Am y tro,' meddai Mirain, gan edrych ar ei wats. 'Ond fe fydd yn dywyll cyn hir, a bydd heno'n noson oer. Os bydd Seren yn aros yma drwy'r nos fe allai hi ddal annwyd, a dyna'r peth olaf sydd ei angen arni.'

Cuddiodd Siriol ei hwyneb ym mwng Seren a dechrau crio. 'O, mae'n wir ddrwg gen i, Seren!' meddai drosodd a throsodd.

Gafaelodd Poli'n dynn yn llaw Siriol. Doedd dim geiriau allai ei chysuro, ond o leiaf roedd hi'n gwybod bod Poli gyda hi.

'Nawr te,' meddai Mirain yn gadarn. 'Mae Seren yn sefydlog a dyw hi ddim mewn poen. Y peth gorau i chi'ch dwy ei wneud yw rhoi'r gorau i'r crio yma a mynd i chwilio am flancedi i'w chadw hi'n gynnes. Mae gen i apwyntiad arall nawr, ond fe fydda i 'nôl cyn gynted ag y gallaf ac fe gawn ni weld sut bydd pethau erbyn hynny.'

Yn ôl yn nhŷ Siriol, aeth hi a Poli i nôl blancedi, dŵr a chwdyn mawr o foron. Wrth i Siriol estyn ei ffôn symudol o'i bag, tynnodd allan hefyd y cyfarwyddiadau hedfan roedd hi wedi'u dyfeisio yn y wers gemeg.

'Sbwriel,' meddai'n bendant gan agor y bin ailgylchu i'w daflu. Ac wrth iddi wneud hynny, gwelodd y llyfr lledr brown ar agor ar y dudalen 'Dysgu merlen i siarad'.

'Wel, mae'n werth rhoi cynnig arni, on'd yw hi?' meddai wrth Poli.

'Rwy'n meddwl y dylen ni aros am y milfeddyg, rhag ofn . . .' meddai Poli, ond roedd Siriol eisoes wedi mynd drwy'r drws ac yn hedfan at Seren.

Roedd yr haul yn dechrau machlud erbyn i Siriol a Poli gyrraedd yn ôl at Seren. Roedd yn ddiolchgar am y dŵr a'r moron, ac wedi iddi roi blanced drosti ac eistedd nesaf ati, cydiodd Siriol yn y llyfr mawr brown a'i agor.

Doedd yr un o'r ffrindiau wedi trafferthu darllen y cyflwyniad hir o'r blaen. Roedd y darn hir heb luniau'n edrych yn ddiflas ac yn wastraff amser. Ond nawr, canolbwyntiodd Siriol ar bob un gair. Roedd yn werth rhoi cynnig ar unrhyw beth.

* * *

Wrth wneud yr hud hwn, rhaid defnyddio llwch pefriog o'r ansawdd gorau, sydd wedi cael ei gasglu o'r blodyn aml-serennog hynafol a phrin ar Fynydd y Petalau. Nid oes unrhyw lwch arall yn gwneud y tro. Fe welwch chi amlen fach ar dudalen 84 sy'n cynnwys sampl i'ch helpu chi.

* * *

Neidiodd Siriol, a bu bron iddi sathru ar droed Seren wrth ysgwyd y gyfrol a'i hagor ar dudalen 84. Llithrodd amlen fach aur i'r ddaear.

'Wel wir!' ebychodd Poli. 'Does dim rhyfedd bod y cyfarwyddiadau heb weithio'r tro diwethaf. Roedd y llwch pefriog anghywir gyda ni!'

'Dydw i ddim yn gallu credu hyn. Mae Seren o'r diwedd yn mynd i siarad . . . a hyd yn oed hedfan, falle!' meddai Siriol, gan geisio peidio â chyffroi gormod.

Yn araf ac yn ofalus, gyda gwên fawr ar ei hwyneb, agorodd Siriol yr amlen. 'Mae'n wag!' meddai, gan edrych i mewn ac ochneidio'n siomedig.

Ond roedd Poli'n gallach, a throdd y pecyn wyneb i waered a'i ysgwyd dros law Siriol. Syrthiodd nifer o ddarnau mân yn pefrio fel diemwntau ar gledr ei llaw.

'Fe siaradais i'n rhy fuan!' meddai Siriol, gan sylweddoli'n sydyn pa mor

werthfawr oedd y llwch yn ei llaw.
'A chyn bo hir, falle bydd Seren yn
siarad hefyd!'

Dilynodd Siriol a Poli y
cyfarwyddiadau yn y llyfr yn fanwl.
A phan siaradodd Seren, roedd ei llais
mor ysgafn nes bod y tylwyth teg yn
meddwl eu bod wedi dychmygu'r cyfan.

Pwysodd Siriol yn nes at geg Seren
i glywed y geiriau. Gan sibrwd yn
dawel, dywedodd ei bod yn meddwl
bod ei throed yn iawn i'w symud,

ac nad oedd hi'n beio Siriol am y ddamwain, ac ar ôl gorffwys ychydig, ei bod yn edrych ymlaen at hedfan!

Pan hedfanodd Mirain yn ôl i ymuno â Siriol a Poli, roedd Seren eisoes ar ei thraed. Ar y dechrau roedd Mirain yn flin iawn, ond gwelodd ar unwaith fod Seren yn well o lawer – diolch i Siriol.

'Doedd dim modd i ni wybod a oedd ei phigwrn wedi'i dorri ai peidio. Gallai'r ffaith dy fod wedi gwneud iddi sefyll fod yn beryglus iawn,' meddai Mirain wrth Siriol.

Edrychodd Siriol i lawr ar ei thraed. Roedd yn rhaid iddi gadw'r ffaith fod Seren yn gallu siarad yn gyfrinach, o leiaf nes bod digon o'r llwch pefriog arbennig o Fynydd y Petalau ar gael ar gyfer holl ferlod Byd y Tylwyth Teg.

'Mae'n ddrwg gen i,' meddai. 'Mae gen i lawer i ymddiheuro amdano heddiw.'

'A llawer i fod yn ddiolchgar amdano hefyd,' meddai Mirain. 'Rwyt ti'n lwcus

mai dim ond wedi troi'i phigwrn mae
hi, a bod gen ti ferlen ddewr tu hwnt.
Pan fydd ei choes hi'n well, rwy'n siŵr
y cewch chi'ch dwy lawer o
anturiaethau cyffrous gyda'ch gilydd.'

'Rwy'n gwybod,' meddai Siriol, gan
wincio ar Seren. 'Anturiaethau oedd yn
ddim byd ond breuddwyd – tan nawr!'